真珠川
Barroco
北原千代

思潮社

真珠川

Barroco

もえあがる樹のように　10

ソナチネの川　12

櫻池　16

天宮　18

受胎告知　22

氷上　26

砦　30

母魚(ははうを)・子魚(こうを)　34

聖母子　38

轟轟　42

未知の庭から　44

貝殻姫　46

金粉(ウムブリア)　50

Barroco　54

蜜柑室　60

卵(らん)の結晶　64

骨埋づみ　68

厨　72

晩い夏のひと　76

火花　80

皿のうえの　みずみずしい枇杷　84

曉け方　88

卵(らん)の耳　92

月浴み　94

祝祭　98

父を返しに　102

金柑の実　106

交信　110

写真＝Andrea Bielefeld
装幀＝伊勢功治

真珠川　*Barroco*

北原千代

i

もえあがる樹のように

あなたをふかくおもうわたしはもえあがる樹のよう
たったいちどだけ若鹿のようにまっすぐな姿勢で
ほとばしるようにあなたに告げた
こころは結び目をこえ　歓びといたみをこえていると
けれどあなたは
小川のほとりにわたしを置き去りにした
ここにいて涼しげな水でありなさい

ほそすぎる胴体は毒だからと
あなたは歌のために
青やむらさきや橙の笛の音を吹きいれ
歓びといたみをからだじゅうに響かせよといった
調律をおぼえよとあなたはいった
いつかわたしはまるい水鞠をきらきらはじかせて
あなたに駆けつけあなたの左耳のなかにすべりこんで
にんげんのからだのなかをくまなく調べいたみを修復し
そうして右の耳から出てこよう

小川のほとりにいて　涼しげな水でありなさい
朝の鍵盤を押すと　あなたがあふれる

ソナチネの川

わたしは小川をもっている
まひるま
はれやかに照らされる
稚魚の群れ
土地の傾きにしたがって
ゆるやかに水がゆく

その涯てのことをわたしは知らないが
小石はあしうらに　しばらく
したしく温まる

すべらかに漱がれた
小石の　からだは
母の胎に死んだわたしの兄弟のように
貌のない表情をかがやかせ
水中のちいさな生きものたちと遊ぶ
それから　わたしの
あしゆびをくすぐる

渡るのをやめたひとが　夕暮れの
川底に寝かされている

それをみるのはおそろしい
すずしい骨の成分が　透けている

おやすみなさい　わたしの小川

みどりごをあやすように　小川を揺すり
睡らせる
それから
カルシウムの濃いゆたかな夜のミルクをのむ

櫻池

おなかに横皺のはしる病に罹りました　と仰ってから幾月か過ぎた春の宵のこと　桐の下駄を履き　先生は出てゆかれました

夜櫻寺院の苔むした庭を　二百年ぶり　五百年ぶりに出合った輩とまろびあい　ディスクシオン……

明け方　帰館した先生の襟足は　つめたく汗ばみ　ももいろの花びらを　いちまい挟んでいました

ひろげてみせる内臓は　花びらがびっしり　咳こむたび
饐えたももいろの体液が穴々からこぼれますが　先生はき
げんのよい胡桃のようにわらって　しんぱいはいりません
と仰います

襞の奥へ手を差し入れ　もう少し　もう少し　導かれゆく
とそこは蝶のかたちの入江でした　摂氏千五百度にも溶け
ないという　骨に囲われた沼池のようなところ

触れると先生は　頷かれました　ここに住いしていたので
しょうか　先生の聲が渦巻いて　千年の櫻が底から吹きあ
がるのを　熟れた春の瞳は　うるみとろけてゆきながら
ああ　と見まもるばかりです

天宮

森脇のつましい軒に　折れるのでないかしら　というほど
頸の曲がったおんなが暮らしていた　満月の頂きに達する
とき　戸口から這いいずるように小川の縁へきて　曲がった
頸の命ずるままに　小川の底を見つめた

天は川音の底の　さらに深いところにあった
おんなに見つめられると小川はずんと深さを増し　流れを
ゆくものらは　ひらかれた天におどろいた

深みには真珠らが睡っていた　地上にいたころのもっとも
うつくしい核が透け　真珠のかさなりのもたらす陰翳は
生きている水のうろこであった

川を下ってゆく真珠採りも　じっと見つめられた　流れに
濯がれて　みなせいせいした貌で川を下ってゆく

おんなは　からだじゅうの関節に刺さった毒矢を川風に抜
いてもらい　骨の捩じれるくるしみを水にあずけた　頸の
曲がりはいっそうやわらかで　パタゴニア諸島の海景まで
もらくに見渡せた　アザラシのあぶらを塗った裸のひとが
カヌーで焚火をしている

おお　残されたあとひとつのしごと　母親を荷台に載せて
夜道をゆく村の少女の　ひび割れたくるぶし　ひとみが干
上がるまで見つめ　しまいにはふたつながら眼の灯りを足
もとにさし出して　生涯のしごとは果てた

捩れの窮まった窪みに溜まる　月のひかり
銀河の魚らは　星辰のしずけさで鼓(ときめ)きながら　真珠を見つ
めている

受胎告知

その日　台所でむかしの村びとらが林檎を剝いていた
――果実には翼があるのよ――
さりさりさり　さりさりさり
ユウラシアから極地を巡る飛行のはなしをしていた
剝きおわると石灰質のからだを崩して
ちいさな格納庫に仕舞われた
名残惜しく野辺を煙しながら　それぞれの小箱へと

山風は走り
野はゆらぐ
白旗の葬列が乱れる

わたしは仰向けで風の通りみちにいた
尖った乳房を毛布にかくし　ほっそりと小川を聴いていた
いにしえからの水の流れ
はじまりから駆けあがる感情がわたしを揺さぶった
宇宙に描かれた　惑星のみちすじの
指のあいだからこぼれおちる　なみだに似たしずく
落書きではない
たしかに注がれたのだ
微塵の狂いなく　ねがいのようにひらかれたこの場所に

わたしの骨はやわらかく
小川は水をよろこんだ
地軸は地軸のように傾き　わたしはじっとしていた
林檎の実はたわわ
野原は風を招いていた

氷上

眼のつよい男が坂道をのぼってきて　あなた
はこの家の子か　と訊いた　──氷のうえを
歩かせてあげよう──
わたしはちいさな子どもだったから　池の底
にはしろい魚(うを)らが暮らしていて　氷の窓越し
に太陽や月や　雲のうごくのを見ていると
知っていた

肘をつかまれ　池のなかほどへ向かう　岸ちかく氷のしろさが厚く　なかほどは深いみどりいろが透けている　氷のやわらかさはしぜんにわたしを手放すだろう

──男の子の服を着せられて　つらいか──
わたしはすこしもつらくなかった　胎児のまま死んだ兄の名を　Y、と教え　眼のつよい男は　坂道を下りていった
Y、はわたしの青いズック靴に書かれたイニシャル　おとなになって履く靴にも　Y、のしるしがあった

姫さまの産着に包まれたちいさなわたしの妹
は　揺りかごのなかで下唇をうごかしながら
母の痛むほうの乳房をさがしていた　妹の池
にも薄氷が張りはじめていた

砦

陶器の肌にまもられているように
はりつめて滑らかな皮膚が
またたくまに湯をはじき
陽の浴室に嬌声をもたらしていた
たしかにわたしも
わかものたちの群れのひとり
発光性の肌をもっていた
長湯を禁じられ

湯浴みする陽の裸体らを見つめていた
酔うほどの湯気に浸かり
地球の昆虫のようないちずさで
からだを磨いたことがある

暁け方のような　夕暮れのような
朱金の湯船に身をほどく
長湯をじぶんにゆるしている
産んだようにも産まなかったようにもおもわれる
たしかに覚えてきたことだけだ
両手がしているのは
錆びいろの貫乳がはしっている
砦を覆うからだの原料が
湯船の湯に溶けて糸のように流れている

掬おうとしてひらく指の
すきまから湯が逃げている

浴室の硝子戸をあけて父が入ってきた
発光のはじまりかけた父の骨が
湯船の傍(はた)に屈んで
盥に浸けられた赤子のわたしを見たときのような
眩しさで
いじらしい砦　といった

母魚・子魚
<small>ははうを　こうを</small>

（あかいホクロの父魚と　であったのは母です

腹をやぶり
ひとおもいにむさぼったのは　母です
てんてんと浮かびあがる　あかいホクロに
うっとりと憧れ

あたまも　背びれも

しびれるほど尖った触覚の先っぽも　齧って食べたのは
わたしたちの母です

血まみれて百尾の　ホクロのにじむ卵(らん)を孕み
水に産み落とすと
乳のように涙があふれ

潮の匂いさせ　ほうろろろろ　千尾の子魚は
ホクロをゆらして　波うちぎわにあそびました

子らは成魚となり　沖へ出て
一万尾の　あかいホクロのてんてんと
透けてみえる卵を孕み
めくるめく数の子孫たちが　海を回遊し

海をひろげていきました

球体の海を　魚らが巡り
とおくとおく
とおく　とおく　潮は呼吸する

子らよ
毀された海嘯をゆくのですよ
まなこひらき
あなたがこれから
産み落とすものたちにまみれながら

（とおく　とおく　潮はふくらみ　球体の海はみごもる

産卵の水床を延べているのは　あなたの親族(うから)
あかいホクロをつむって　睡っているのも

聖母子

エウロパ
という木星第二衛星のあかい地肌を図鑑に見ながら
果てないところからのひかりはどのように
傾きかけた図書室に届くのだろう
書架にもたれかかり　わたしは訝る
エウロパを巡る血管が窓に浮かびあがる

放課のこどもらが
魚がいるよ！　と喚きたて
天体図鑑はわたしの手から　若者の温い手へ
やわらかに湿った幼い手へ　ついに
夏服を着たあおじろい妊婦の下腹に睡る児へ　と渡され
さらに傾く図書室
警報がしだいに近づいてくる
わたしはもう走れない　まして泳ぐことなど
氷の衛星　エウロパの凍り水に魚は泳ぐか

うすい夏服の妊婦は　静脈の透けた手をふくらみに添え
胎児に夕陽を吸わせている

退室！

避難！
みじろぎもせず
熟れすぎた地球に
ふかく腰かけた姿勢である

轟轟

翡翠盗りの少年が膝をあかくしながら
水を切っている
逃げている
血性の飛沫とびちる
かれの膝がひじょうにかわいらしいので
ゆるそうというきもちになる
魚(うを)は睡っても鱗を脱がない

少年は川原で呆けたように欠伸をする
いったい魚はいつ睡るか
かれの盗みがひじょうに純粋なので
ゆるそうというきもちになる
かれの指をひらいて翡翠を握らせ
川原のまずしい小石のひとつに化ける
少年を抱いてあやしながら
苔のようにわたしは睡った

血の雨が降りしきり
翌朝
水嵩が増している
死んだ魚がうちあげられていた

未知の庭から

うすむらさきの　うすいまぶたのあけがた
わたしのてのひらの　夜の庭でとった幼虫をついばみ
ひととき風に浮いて中空にあった
ひとみのひかりをかさね　互いに名まえをよびあった
地上にいたときと違った　けれど
くちびるがふるうのに　冴えざえと　よい名まえ

ひといきしてひるがえった　どこへゆくの

バアサバアサ

翼を振りほどきすこし遠くへ　それからみるみる

宙の点景のように

牛乳配達の軽トラックが裏木戸にとまった

朝霧がミルク瓶を倒して　あたりは乳いろ

ほうろうの小鍋にたふたふ　息吹のようにあわだつ

そこはわたしのまだ知らない庭

大気圏のむこう

銀河の島影から汲んできてくれたのでしょう

微かに潮の匂うミルク

しろくかたい羽根でまぜる

貝殻姫

父は　貝殻姫をどのように知ったのだろう　隣町の　ミモザの大木に囲われた家にひとり暮らすそのひとは　からだにまとわりつくワンピースを着て　四十歳くらいにも六十を過ぎているようにもみえた

じくじくと里の雪が解け　にわかな陽気に手足の産毛がさわぐころ　ミモザ祭りをしますから　お父様といらして下さい　と手紙が届いた　わたしはひとり　隣町までバスに乗った

高木のミモザの群れが黄いろく揺れているので　家はバス停からすぐにわかった　玄関につづく長い石段に　両脇から花房が覆いかぶさり　潜りぬけてゆく先にドアがあった

使いこまれたクロスのうえに　三客分用意されたボーンチャイナは　それぞれ異なる花柄の意匠をもち　どれも透けてみえるほどうすく　口縁が花びらのように波うっていた　貝殻姫はもの憂いふうに両肘をついて　花びらの一片に唇を押し当て　ほそい喉を上下に動かして珈琲を飲んだ　わたしは医者からカフェインを禁じられていたが　貝殻姫の関心はわたしでなく父だったから　なにも聴こえないというように　カップの縁までなみなみと　香しい液体を注ぎ入れた　食卓もワゴンのうえにも　ミモザの黄いろがあふれていた

——あなたのお家の窓に小石を投げたことがある　あなたがまだ赤ちゃんだったころよ——

貝殻姫は　わたしの母をどのように知ったのだろう　あるとき母が　頬を引き裂かれて帰宅した日があり　わたしが教室でひらく弁当箱から　母が風呂上りに両手と両足に擂りこむ軟膏の刺激臭が　つよく刺すようになった　朝ごと母がこしらえてくれるおにぎりの列を　なにかの罰を受けるように端から順に食べ　わたしは少しずつ肥えていった　卒業式の夜に晩い雪が降って　雪はみずうみのつづきのように匂った

春が来るたびミモザ祭りは繰り返され　わたしは二十歳になっていた　もうここに来ないで　と貝殻姫は言った　わ

わたしは父に似ているだろうか　それとも母に似たのだろうか　感情の透けてみえる碗皿を　貝殻姫は石鹼水で大胆に洗った　水しぶきと泡が木の床に飛び散り　血のあぶくのように見えた

わたしは抽斗から　象牙いろに晒されたいちまいのリネンを取り出して　カップと皿を丹念に拭った　嚙み砕きたくなるほどうすいボーンチャイナの　いったいどの部分が滲むというのだろう　父の匂いだった

金粉(ウムブリア)

先生の湿った指が　しだいに熱をおびながら
骨と肉をより分けるとき　指のとおりみちに
わたしは　ゆめの土地をおもった
すこやかなところ凝っているところも　ひき
つれてあるくのですね
ひとつひとつ音を探りながら　処方はペンで

綴られた　わたしの貧しい小川の起伏や窪み
は　そうして月ごとにあたらしくなった

先生の脳漿のひとしずくを　みどりの薬罎に
入れ　わたしの机のうえに置く　次の診察日
まで　壜のしずくは　わらったり　本を読ん
だり　しだいに結晶化する

外科手術でふかく抉られた先生の頸の　皮膚
に接している部分が　いきものめいてふるえ
先生の液体が壜にこぼれ落ちる
与えるとき先生は　よろこびのように呻いた
——ウムブリアは　丘また丘の　光降るとこ
ろですよ——

わたしはきらめく金粉(ウムブリア)の小壜を　陽にかざして見るのだった

施錠された白いドアは　川底のもようを映し
真鍮のノブを回すと　流れがねじれる
薬草園は未知の丘に向かってひろがり　地中ふかいところで　先生が小川を鳴らしている
閉院　と貼り紙された玄関に　樹はいつから立っていたのだろう
樹液を溜めた洞に　きんいろの光がこぼれる

Barroco

川べりに
毀された真珠が息をひそめ
かすかなところにすまいしているものらが
水を曲げている
名まえを呼ぶと
おどろいたように水はふりむく
くるぶしを水に浸す

おもうことが爪先から流れ
にじみゆく血のいろはうすい
曲がりくねったこみちに沿って　瓦屋根が並んでいる
ほのあかるいところにひとは集まり
火を熾し　諍いし　うたた寝する

ひそかにころしたものを懐にしまい
立ちあがって　抜けおちるように帰っていく
夜が更けると川べりからひとり　またひとり
もう死なないよう温めながら
つましいあかりのもとへ

おおわたしは　ちいさいものらに
びいどろの母音を刺した

火のきえた台所で　血が出たろうに
川べりに点々と散らされた歪な真珠は
ここにいたひとらが置いていった
地図に名まえのない小川のうねりに沿って
しろじろとかがやく

どこまで遠くゆけば
このふるえる双曲線を　美しいとおもえるだろう

水音の底ふかく
砕かれた天窓が映っている
やわらかくなれ　わたしのあしくびよ

＊Barroco　建築や音楽の様式を表す「バロック」の語源。

蜜柑室

子は蜜柑のなかでうすめをあけ
うっとりわたしをむさぼった
そとがわには
電車が通る町のにぎわいがふるえていたけれど
そとがわをおもうと汁が濁る
子は苦い乳輪を嚙んであおあお泣くから
わたしはもう　いっしんに

蜜柑のことだけをおもうことにした
しばらくたって果肉も袋もすっかり食べつくし
ひからびた天使の衣装のような蜜柑の皮を棄てた
それからわたしは　電車に乗った
ようやく歩きはじめた子の手を引いて
あたらしい蜜柑が置かれてあった
月の夜アパートの階段の手すりに
なかへ潜りこんだ
うちがわから体より熱い汁がみなぎり
おおいかぶさって子にあたえる
蜜柑のなかにふたたび産みおとすなんて

わたしはなんという親だろう
けだるい　うつろなまぶたをつむり
ねむれねむれよと口ずさみながらまどろむあいだに
子はわたしを食べている

まるい尻や腹は日ごとにおもく　抱きあげると
翅音のような微かなまなざしを　そとがわにひらく
蜜柑室から　あかるい町が透けてみえる
列車は線路をのばして走っている
おお　子は肥えてきた
陽を浴びて　ほたほた果汁をこぼす

卵の結晶

夏休みがはじまり　従姉とわたしは　いちめんのユリが咲く高原のコテッジに数日のあいだ宿泊した
従姉が肩を寄せてきたとき　石鹼の匂いのあいまから　おとなの骨がみえた
――あなたのは　砂糖菓子みたいなとんがりね――
触れられて　あしくびはくすぐったかった
――かかと　せぼね　づがいこつ　まだやわらかいわ――

ちいさな音をたて伸びようとしているわたしの骨を確かめようと　医者をこころざす従姉のてのひらは　温かだった
――おとなになりすぎるとほろびるのよ――
微熱を帯びた人差し指で　わたしのうすい胸に放物線を描いた　とそのとき　からだの内奥で赤燐が疼き　はじめての卵の結晶だった
――ユリを摘んできてあげる――
従姉はコテッジのドアを開けて　夜の高原から　濡れたユリのひと束を抱えてきた

わたしはユリの花束に顔を埋めて　夜露を吸った花びらの濃い匂いを嗅いだ　寝台に横たわる従姉のしろいパジャマの　花粉に染まった胸が　ゆるやかになみうった　わたしの胸や腹はまだ平らでほそかったが　遠い海では砂

浜がふかい呼吸をはじめていた
——いまからは月に導かれるのよ　潮が満ちたら　海の産屋に駆けつけてあげるから——

水平線をこえていく船から　ひかる骨が撒かれていた　あぶくの先から海の底へと沈むのは　わたしたちのじいさま
沈むようにものぼるようにもおもわれる海鳴り
星はふるえをやめなかった　わたしのからだに宿った火の疼きが　星に応えた

骨埋づみ

どうぶつの葬られる森脇に　水の切れはしの
ような小川がひとすじ流れていた
村の学校にプールはなくて　堰き止められた
五メートルばかりが　わたしたちの夏だった
目を見開いたまま　隣家のおねえさんは背泳
ぎをした　産毛が額にひかっていた　まいに
ち背泳ぎだけを繰り返し　おおきく回した腕

が石にぶつかっても目はひらかれていた　両腕はゆっくりと　足首は小刻みに　小川の底を磨いていった

わたしは川原で　泳ぐ上級生らを見ていたまいにち見ていた　ブヨがふくらはぎをてんてんと赤くした　ネコが乾いた珊瑚の舌でふくらはぎを舐めた

雨が来るよ　と誰かがいった　ひわひわしい小鳥の羽を川原に散らして　痩せたネコは森のほうへみずから歩いていった　ネコと呼ばれ　灰いろの曇天をじぶんの部屋として　野宿はふつうの日の安息だった　ちいさな体重

が川原の小石を踏み　かしゅかしゅ　骨のひ
すらぐ音が　森の奥に入っていった
わたしたちはまだ誰も海を知らなかった
ほんとうに雨が来た　わたしたちは重たい髪
をゆすって　どうぶつの葬られる森脇の　小
川の縁を歩いて帰った　おねえさんの肩甲骨
がおおきくなって　その夏の堰は崩された

厨

いちばん柔らかいのを客人にふるまうという
井戸端でじいさまが　ひとおもいに撃った
ひき毟られた羽毛　しろじろ　散らばり
ここ、と　わたしの名づけた　いっとう脚のほそい若鶏の
空を引っ掻く　悲鳴
のぼっていった　ずんと　ずんと空の奥へ

むら祭りが果て　都会に戻るひとらは置いていった
きれいな菓子箱とセロファン　りぼん
澄んだ水みたいな　あいさつ

ひっそりと夕餉のしたくがはじまる

ここ、のこびりついた鉄鍋に　母は
傘のぶあついキノコと　青菜　次つぎ刻み
刻んでは投げ入れ　ちいさなわたしは三和土にしゃがんで
ここ、のほそい脚の　動くのをおもいだした

格子窓の厨だった
湯気に蒸れたうちがわの　文字は指の先から逆さにしたたり
あすには出ていくから　と母は言った

じうじう　溶けている
だれの肉かしら
ときおり　爆ぜている

しずかな森　さらにしずかな母の菜園
ケモノ　くだもの
殺されるまえのようにつよく匂っている

母を逃がさないよう
めざめていようとおもいながら三和土で睡った

晩い夏のひと

草の匂いのするひとだ
みどりの　書物のうえで血を流したことのあるひとだ
てのひらのように　あしのひら　と呼んで
夏の靴をはかせてくれた
船着き場から果樹園へ　夜をとおってきたくだものを
口に含ませてくれた

水のことを知っているひとだ

草のうえにあしをなげだし　星を浴びた

ムンクの絵のように　川面は鈍く照らされた

若者らは水辺で抱きあって踊り
わたしたちはそれを見ていた

かつてここにいたひとらが　浮島のようにあらわれる

からだに死のふとい棘を突き刺され
ほおえんでいるひとだった

風が憩み　草のいろが濃い

そのひとに夏はゆっくりと訪れ
いとおしみながら　からだを満たした
ひるま食べたくだものの匂う爪が　くちびるに触れたとき
星座が横たわった

火花

北向きのちいさなキッチンで
カップにこびりついた年輪のような
茶渋をぬぐっているうちに
寓意の森は可哀そうに
ものがたりに倦んでいた
ずっと若いころ　わたしの望んだ北向きのキッチン
ぎんいろの水槽に
菜園から摘みとった

きみどりやむらさきの球果と葉を放つ
ゆらゆらと死を泳がせる
魚の鰭を逆さに潮を嗅ぎ
どうぶつの血を嗅いで薬草をかぶせる
わたしがはたらく北向きのキッチン
毛のあらいブラシで磨いてもなお
半透明に濁る窓に
寓意の森はあらわれ
灼け崩れた煉瓦のかまどに
あれほど鮮やかだったものがたりが燻っている
ときに
ぱちり　火花を放って
感情の関節を熔かす
おお　わたしのからだは年月の忠実なしもべ

北向きの屠り場わたしのキッチン
夜のかたづけがすむと
星の足音のように秒針が降りてくる
しごとを終えたふるい胎にたましいは遊んでいるか
寓意の森のいちばん奥に赤い実は爆ぜているか

皿のうえの　みずみずしい枇杷

生家の庭に　枇杷と肉桂の木が並んでいた
枇杷の木の根っこは瘤のように盛りあがり　ひみつの窪み
に　枯れ草が溜まっていた
わたしは　いったい何をしたというのだろう　山仕事にで
かけたじいさまが　昼を過ぎてまだ戻らないので　血の気
の引いたばあさまと幼いわたしは　池という池　沼や叢や
川淵を　じいさま　じいさま　と呼びながら探しまわり

もしや家に帰りついているか　と隠居所の坂道をあえぎな
がらのぼったとき

坂道のなかほどの　あかむけた塊　けだものに羽根を毟ら
れた　まだ温もりのある鳩の骸だった
枇杷の葉をちぎってはかぶせ　ちぎってはかぶせ　肉桂の
香しい根っこを葉のうえに載せ　わたしはいっしんに　枇
杷と肉桂と坂道とを往復し　その日　大鷹とカラスは空を
ひくく　ひくく回ることをやめなかった

きょうのじいさまは　わたしの弟のような年で　山仕事に
出るから　とじぶんがこと切れた隠居所の縁にこしかけ
きゅうくつそうに身をかがめ　脚絆をまとっている

じいさまの昏倒の　石の毀れる音を知っているわたしは
役場の正午のサイレンが鳴るまえに　里山まで走って　ず
んずん走って迎えにいこう　とかんがえずにはおれない
姉のように落ち着いたものごしで　枇杷の濡れた産毛を指
で撫でながら　こういうのだ　ふっくり肥えた枇杷が実り
ましたから　帰っていらっしゃい

曉け方

農具も搾乳機も
すがた映すほど磨きぬかれた
無調音楽の園にしんと目覚めている
白濁のひとみ
逆さ吊り硝子
ひかるもの
あなた怖いでしょう
うらがわに身をひそめ　産んでいるどうぶつ

背なかはふたつに割れている
巣のふちからうすももいろの温い糞おとす
いとけないヒナたち
一羽は明け方を向いて
のこり三羽は毀れている園を見おろし
産毛がいっしんに濡れ
放心の乱れがうつくしい
(立錐せよ　狂った箒から逃げおおせよ
シンバル
銀いろのシンバル
鳴っている
(なにゆえですかおかあさん　宙舞う狂い箒は
をんをんをんをん
砕き砕かれ

ペルセウス流星の爪が
たてよこななめに天窮を引っ掻く
(ゆるされるかしらあなたゆるされるかしら
裂け目からもれいづるあかるみ

卵(らん)の耳

ころがって鳴るものを　想い出と名づけ
だまって毬栗をむきつづける父と母
ときおりにふしくれの指で
たがいの耳たぶを撫であう

こどもたちのまばゆく遊んだ
森のいりぐちに
毬はおなかを割られてころがっていた

だれも見てはいないよ
父は肋骨のわきにチェロを抱え
若い母に　卵の音楽を産ませつづけた

想い出　と呼びかけながら　しろじろとした棘で
刺しあうふたりの　ひびわれたくちびると耳たぶ
やがて濁った水のようなものが
たがいを濡らす

おかあさん　わたしは聴いていました
うねりながら
螺旋の音楽をのぼっていく透けたひとつぶだったとき

月浴み

ひとが寝静まったころ　村の家いえに
月がくるという
せいけつに　磨かれて待っている
と　窓はひらき
――濡れた髪を梳いてください　いのちがのびるように――

ひるまの働きがつもり　睡りながら髪を梳いてもらう

チチカカ湖の　水草で編んだ舟の家で
火照ったこどもの　頬をしずめ
海と大陸で
あまねく月の仕事をくりかえしながら
村にたどりついて　じゅんばんに
いましも
坂道を渡ってくる
山家の瓦のいろが冴えるのでわたしにはそれとわかる
聲をたてずに待っていた

わたしの骨は　せいけつであろうか
月の水に　からだをあずける

祝祭

けやき　えのき　むくのき
ふる　ふる　ふる
たかいそらから　きいろいふぶき
もりのみち
すぎゆくひとら
ほおをあげ
てのひらさしだす
ふる　ふる　ふる

きいろのけやき　えのき　むくのき
くびすじに
ほおに
かみにとまる
みあおぐひとら
きいろのいぶきに
なみだためている
もりじゅうの　けもの　むしたち
つちのしたを　ながれる
みずおと
つちはけずり
かぜはゆさぶる
けやき　えのき　むくのき
さきをゆく　ははが

ふりかえり
ふりかえり
きいろいか　そこはぬくいか　きいろいか
くちぶえのように
くしけずられ
うずまきに
まねかれて　ははたちの
いにしえのきんらんの　はがれ
ぴしぴしぴしぴし　ことほぎのなきごえ
ふりつもる　ははたちの　こもれびのこみちを

父を返しに

蘆原の湿りをゆくと
冬の貝殻が埋まっている
小川まではもう少しだ
かなしみの淵のふかいひとが
蘆原の湿りを素足でゆく
わたしは冬のサンダルをはいて
ぬかるみを沈まぬようにゆく

毀れかけのオルガンたちが並んで
月のひかりを浴びている
繁みに見え隠れするのはわたしの父だ
じぶんの鍵盤に指をあてがい
自然界のしぜんの下降音階を
ずんと底のほうまでたしかめている
父はもう蘆原に安置されている
仰臥する父を隠しようがなくて
寝床を教えたのはわたしだ
冬の貝殻を踏みしめてゆく
通いなれたこみちのように
いまもおぼえている旋律がある
窪みのことならよく知っている
どこを押すといたみ　どこを押すと歓喜するか

まぶたをとじても指はおぼえている
小川が父に近づく
はじめてのうたをうたう
父の砦が毀されてゆくのをみまもる

南天の赤い実をついばみに
冬の鳥たちが降りてきた
羽根のうえにひかりの粒子を載せて
夜をあかるくしている
かれらが飛び立つとき
わたしは父を手放す
父から与えられた首飾りに　鋏を入れる
琥珀の珠を噛み砕いて　水の舟に
父の娘であったわたしを流す

小川まではあと少しだ
ひかりの粒子が巻いて
水の穂がおきあがっている

金柑の実

隕石から球果の化石から
鳥たちの羽根からもらった
オルガンの蓋をあけると
もらったものが息づいている
透けてみえるひとつぶの金柑も
蘆原の繁みでだれかがわたしの
月日を数えている

繁みをかき分け風が歩いてゆく
手放せばらくになるからと
あかつきの小川に来ている
小川は貝殻を漱いでいる
わたしのしてきたことを
もうおもいださないというふうに
小川にはまいにち来ている
くりかえし小川を乞う
朝のパンと飲みものをもらって
蘆原の繁みを家に帰る
赤子に沐浴の水をもらったことも
死者に星浴みの水をもらったこともある

はじめから手放していれば

わたしはもっと軽かった
地表の起伏をくるぶしに感じながら
もっと遠くまでゆけた
まいにち同じみちをかよって
荷物を背負いなおすとき
小川がわたしを濡らしわたしを助ける
たえまなく流れ
小川がわたしを濡らしわたしを助ける
そのときあなたはオルガンの
歩いて測ったくるぶしを小川に返す日まで
山肌の雪の匂いを含みわたしを名乗らせる
蓋をあけてほしい
触れたなら水のはじける金柑の実
あなたはそれを齧って食べてほしい
夜ごとからだと交換したことばを入れておくから

交信

夜の庭で　肉桂の樹に触れ
両腕に抱いて薫りを食べる
鳴らされたくて　くちをひらいているわたしのオルガン
肉桂をゆさぶり　髪をふりほどく
耳の奥が澄み　泉の水位が知らされる

掬う指がこぼしてきた
水嵩をはかるのがこわくて傾いてみる胸の淵から
満ちていたときより濃く　水の匂いがする

手紙でしょうか
デネブとベガからのひかりが　水に
陰翳を彫っている
あなたのことばを浴びると
ひとりでにオルガンは鳴るのです

庭にいますから

継ぐ息の波紋が　返信する

既刊詩集

『ローカル列車を待ちながら』二〇〇五年
『スピリトゥス』二〇〇七年
『繭の家』二〇一一年

真珠川　*Barroco*

著者　北原千代(きたはら　ちよ)

発行者　小田久郎

発行所　株式会社思潮社
〒一六二―〇八四二　東京都新宿区市谷砂土原町三―十五
電話〇三（三二六七）八一五三（営業）・八一四一（編集）
FAX〇三（三二六七）八一四二

印刷・製本所　創栄図書印刷株式会社

発行日
二〇一六年七月三十一日第一刷　二〇一七年四月三十日第二刷